# 언젠간 너에게
# 이 모든 것들을
# 말해주고 싶다

| 강민지 | 김민준 | 박소담 | 이수빈 | 이하훈 | 이현화 | 윤원지 |

지 은 이  강민지, 이현화, 박소담, 이수빈, 윤원지, 김민준, 이하훈

1판 1쇄 발행  2020년 02월 24일

저작권자  강민지, 김민준, 박소담, 이수빈, 이하훈, 이현화, 윤원지

발 행 처  하움출판사
발 행 인  문현광
교     정  홍새솔
편     집  유별리
주     소  전라북도 군산시 축동안3길 20, 2층(수송동)
I S B N  979-11-6440-116-1

홈페이지  http://haum.kr/
이 메 일  haum1000@naver.com

좋은 책을 만들겠습니다.
하움출판사는 독자 여러분의 의견에 항상 귀 기울이고 있습니다.

이 도서의 국립중앙도서관 출판예정도서목록(CIP)은 서지정보유통지원시스템 홈페이지(http://seoji.nl.go.kr)와
국가자료종합목록 구축시스템(http://kolis-net.nl.go.kr)에서 이용하실 수 있습니다. (CIP제어번호 : CIP2020006294)

## 읽기 전

　누군가에겐 지나갔을 시절, 누군가에겐 지금 겪고 있을 시절, 누군가에겐 다가올 시절인 열일곱 열여덟을 살아가고 있는 우리. 그런 우리가 남긴 조각을 이어붙인 책.

　시간이 지나며 살아온 것들에 따라 생각과 가치관이 바뀌더라도 열일곱 열여덟의 우리는 앞으로 살아갈 우리에게, 그때 그 시절의 우리는 이렇게 살아가고 있었다고, 이런 생각을 가지고 있었다고 말해줄 수 있는 책이 되길 바란다.

　주제에 따라서, 혹은 마음에 이끌려 써 내려간 한 편의 시가 우리뿐만 아니라 많은 이들의 마음에 와닿길 바라며 책장을 넘기는 사람들의 손길이 닿았으면 한다.

# 차 례

## 자유시

# 별

자세히 봐야 보이는

밤하늘의 작은 별처럼

사람의 마음도

자세히 봐야 보인단다.

# 별빛

강민지


어두운 밤

별빛에 의지하여

함께 걸어가던

너와 나


무거운 가방에

함께 무거워지는 발걸음을

별빛에 의지하여

디뎌가던

너와 나


성적표 하나에

떨어질 눈물을

별빛에 의지하여

참아가던

너와 나


이제 와 생각해보니

내가 의지하던 별빛은

가까이 있었구나

# 이별

김민준

그대의 긴 속눈썹에 별빛이 부서져 내렸어요

나는 쏟아지는 잠에 그만

그대의 품에서 잠들어버렸는데,

향긋한 꽃내음이 어찌도 사랑스러운지

그 밤, 아주 황홀한 꿈을 꾸었던 것 같아요

잠에서 깨어났을 때,

그대는 하늘 저 멀리 떠나버리고 없었어요

그대의 새까만 머리카락에서 흘렀던

성스러운 별의 향기가

눈물로 맺혀 흘러내렸어요

나의 별,

나의 숨결

아아, 나의 그대여···

까맣게 타오르는 밤하늘에

그대가 비추어서

나의 손에 안긴 그 하얀 가루 위에

별빛이 부서져 내렸어요

# 별자리

박소담

그리는 손짓에

먼 거리였음에도

별 생각 없었음에도

우리 둘의 관계가,

우리를 지칭하는 이름이 생겼다


우리는 짧은 순간마다

하나로 묶이고 있었다

# Dear, my Star

이수빈


　당신은 늘 반짝였고, 난 그런 당신을 동경했다. 처음엔
당신에 대한 감정을 부정했었다. 그저 잠깐 지나가는 빛
일 거라고. 하지만 정신을 차려 보니 어느샌가 당신의 빛
만을 기다리는 내가 있었다. 위성처럼 당신의 궤도를 맴
돌았지만 돌아오는 건 잠깐의 눈짓뿐, 달라지는 건 없었
다. 처음부터 무언갈 바라고 시작한 건 아니었다. 무언갈
바랄 주제가 아닌 걸 알면서도 감정의 크기가 커질수록
바라는 것은 늘어만 가고, 내 욕심을 채워주지 못하는 당
신을 원망한다. 나 하나 없어도 당신을 갈망하는 사람들
은 무수히 많겠지. 불현듯 찾아오는 상실감에 당신을 떨
쳐내려 해 봐도 걷잡을 수 없는 마음은 주체할 수 없이 커
져만 가네.

# 별길

이하훈


시간이 지나고

어느새 밤이 되었네

하늘의 별들이 하나둘씩

도심에 내려왔네


별로 가득하던 하늘은 없고

별로 가득한 별길이 있네

그리고 나는 별로 가득한

별길을 걷고 있네


아름답게 빛나는 별들

하나둘씩 모여서

정말 눈이 부시구나

# 그래도 괜찮아

이현화


여태 너의 마음을

스쳐 지나갔을

수많은 감정들


누군가에게 들킬까

숨겨둔 이야기들


수없이 넘어지고

아파하고

또 눈물을 흘리던 너


스스로에게 솔직해지지 못해

더 커져버린

너의 오랜 상처

밤이 되면
수많은 별들이
너의 곁을
비추어 줄 테니

눈을 감아도 괜찮아지길
조금 더 편해지길

# 행복

윤원지


길고 길었던 도심 속 하루에

지친 목을 풀며 고개를 들다

우연히 마주친 밤하늘


문득 어릴 적 엄마와

시골 마루에 누워 별 세던 기억난다

수많은 별들을 하나하나 세던

나의 소소한 행복에 미소 지으며

오랜만에 고향에 건 전화 한 통


요즘은 하늘에 별 하나 찾기도 힘드네요

애야 우린 지금 같은 하늘을 보고 있단다

엄마가 보고 있는 하늘은 여전히 수많은 별들로 가득해

조금만 더 편안한 마음으로 바라보면

보이지 않았던 것들이 보일 거야

# 저녁노을

저마다 나눈 온기 따라

붉어지는 노을.

이 온기가 노을 타고

너에게도 전해지길.

## 당신의 시간이

강민지

연필을 놓기 무서워하던 당신의 시간은

목소리의 아름다움이 끊이지 않던 당신의 시간은

검은색 판 위 움직이는 당신의 시간은

밝은 빛 아래 흘리는 땀을 닦던 당신의 시간은


저 빨간 노을에 물들어

가장 아름답게 빛이 나니


아침의 해가 지고 있는 모습을

한숨 대신 두 손으로 맞을 수 있길


저 빨간 노을은

내일 맞을 해와 같으니

이 모든 것들을 말해주고 싶다·

# 지나버린 시간의 시

김민준


그을음이 매달린 날 밤이었다

잔뜩 타버린 빨간 빛이

대롱대롱 눈물을 달고 쏟아졌다


꼬인 이어폰으로도

이별 노래는 잘만 흘러나오고

꼬인 머릿속으로도

네 생각은 잘만 흘러넘친다


아아,

내 짙은 가슴 향유하던 영혼이시여

어디로 사라졌는가

어디로 사라졌는가

짙은 국화꽃 하나

안개 속 떨어트리시고는

아아,

그대 어디로 떠나가시나

# 바다

박소담

일렁이는 황혼이

눈이 부시게 반짝여서

나도 모르게 한 줌 쥐어보려

발을 내디뎠다 파도에 쓸려간

그날을 기억하니

## 버스 안에서

이수빈


너와의 마지막 만남을 정리하고 집으로 향하는 버스 안에서 해가 지는 모습을 바라보았다. 우리가 시작하던 날에도 지금처럼 해가 지고 있었는데. 실은 아직도 끝이라는 게 믿기지 않는다. 너와 함께했던 일 년이 조금 넘는 시간 동안의 크고 작은 추억들이 머리를 잠식한다.

아, 네가 사무치도록 그립다.

# 노을

이하훈

꺼져가던 불빛

희미해지던 온기

손만 뻗으면 잡힐 것 같던

주홍빛 따스한 온기


손만 뻗으면 손만 뻗으면

잡을 수 있었을 텐데

나는 결국 너를 잡지 못했구나


만약 그때 내가 너를 잡았더라면


너는 언제나 내 곁에서

따스히 빛나주었을까?

# 모든 순간

이현화


난 노을을 싫어했다

사실 지금도 딱히 좋아하진 않는다

그런데 만약

네가 노을이 지는 바닷가의 풍경을

좋아한다 말하면

그 순간부터 나도 노을을 좋아할 거다

# 미상

윤원지

눈을 마주하고 있는 지금

우리 사랑이 저 노을을 더 붉게 하는 건지

저 노을이 우리 사랑을 더 뜨겁게 하는 건지

이 모든 것들을 말해주고 싶다 ·

# 밤하늘

까만 하늘에 콕콕 박힌 별
우리는 모두 저 먼 우주에서,
무중력의 세계에서 온 사람들이다.
우리는 별의 죽음에서 태어나
별의 죽음에 기대어 살고 있다.
밤하늘을 바라본다는 것은
수많은 별들 사이에서 유영하는 것이며, 그것은 곧
우리 서로를 보고 있는 것이다.

# 탓

강민지


밤하늘을 볼 때면

끝없는 어둠에

빛나지 못하는 달과 별을

탓하고 있으리라 생각했다


보이지 않는 달과 별은

밤하늘을 보지 않는

이유라고 생각해서


밤하늘에 빛나는

달과 별을 보던 날


달과 별을 보지 않았던

나를 보게 되었다

# 너와 내가 만든 하늘

김민준


휘어지게 웃는 너의 눈이

초승달처럼 하늘에 걸리고

너에게 닿지 못함이 한스러워

뱉어낸 나의 한숨이

찬 겨울밤 공기에 흩뿌려진 후

사랑옵은 나의 마음이 수채화처럼 스며들면

그때에서야

가장 아름다운 밤하늘이 만들어지는 것이다


너와 내가 만든

# 열대야

박소담


잠이 오지 않던 밤

웅웅 돌아가는 선풍기를 켜 놓고

뜬 눈으로 밤을 지새웠다


등을 타고 흐르는 땀줄기에

이불을 걷어차며


창문으로 비스듬히 비치는

여름 밤하늘은 그저 까맣다


더운 공기에 숨이 막혀

창문이라도 열려 하면

별 대신 반짝이는 도시의 창들이

별 대신 반짝이는 차의 라이트가


하늘에서 추락해 땅에 묶인 별들이

시끄럽게 반짝인다


피곤하게 더운

그런 짜증나는 밤이다

# 밤하늘을 보는 것을 좋아했다

이수빈

밤하늘을 보는 것을 좋아했다

달과 별을 보는 것을 좋아했다


난 어느 순간부터 땅만 보며 걷게 되었을까

달은 야위다가도 다시 차오르는데

나는 점점 작아져만 간다

# 나의 작은 가로등

이하훈


어두운 길 어두운 밤

무서운 길 무서운 밤

가로등 하나둘 꺼지고

너무나 어두운 밤길


하지만 나의 가로등이 켜질 시간

작지만 밝은

가로등 하나 둘


밝은 길 밝은 밤

빛나는 길 빛나는 밤

너무나 밝은 밤길

# 꿈길

이현화


하루를 다 끝내지 못한 채

집으로 돌아가는 길에

밤하늘에 조금씩 떨어지는 비를 맞으며

너의 발걸음을 따라간다


나는 너의 얼굴을 마주할 수 없지만

나는 너를 곁에 두지 못하지만

그럼에도 나는

너와 발걸음을 같이 하고 싶어

너를 따라간다


그러다 네가 사라진 길모퉁이에서

나는 너의 없어진 흔적을 찾고

또 너와 마주칠까 또 너와 마주할까

나는 다시 같은 길을 걸어간다

# 물망초

윤원지

별빛 한가득 쏟아지던 동짓날 밤하늘 아래

꽉 잡은 두 손은 차디찼지만

따듯했던 당신의 숨결을 기억하오

비록 하늘 아래서 볼 수 없는 그대 됐지만

물망초 가득 핀 이 자리에 떨어지는 별빛은

아직도 당신 그 자리 그대로입니다

물망초 꽃말 – 나를 잊지 말아요 (영원한 사랑)

# 비행기

우리가 품고 있는 비행기가

불안해 보일지라도

비행기는

날기 위해 만들어진 거란 걸 알잖아

# 선물

강민지

비행기를 접는

그 모든 순간에

반짝이는 빛이

나를 미소 짓게 해주었고


비행기를 날리며

나는 빌었다


머지않아 저 비행기가

닿는 곳에서 다시

안을 수 있었으면 좋겠다고


나는 아직 잊지 못한다

비와 바람에 맞서

젖은 비행기가

반짝이는 빛을 날리며


다시 내 품에 안겨준

그 비행기와


그 순간을

# 너에게

김민준


떴다 떴다 비행기

날아라

날아라


높이 높이 날아라


더 높이

날아라


떨어지는 그 순간

가장 처참하게 부서질 수 있도록

떴다 떴다 비행기

날아라


더 높이

# 비행

박소담


새벽 비행기는 조용하다

시끄러운 침묵에 묻혀

반짝이는 야경 위에서

모두가 잠이 드는, 그런 곳

# 종이비행기

이수빈


종이를 접어 날렸다

매일 밤 종이를 접어 날렸다


당신에게 닿지 못한다는 것을 알면서도

내 마음을 고스란히 적어넣은 종이를 접어 날렸다

# 꿈행기

이하훈

무겁지만 누구보다 가벼운 몸을 이끌고

크지만 누구보다 작게 보이는

나는 비행기

앞으로 앞으로

누구보다 누구보다

빠르게 달릴 거야

누구보다 누구보다

높이 날아갈 거야

그래! 나는 꿈행기

# 여행

이현화

좋은 것만 보고

좋은 것만 듣고

열심히 놀다가

안전하게만 돌아와 줘

# 비행기 非行期

윤원지


한 번도 타본 적 없는

언제 착륙할지 모르는

비행기에 올라타

몰아치는 비바람에도

꿋꿋하게 나아갔던

나의 유년시절

나의 비행기


운전대를 잡은 그때의 나를 걱정해주는 사람들이

왜 그 비행기에 내리고 나서야 생각이 나는 걸까

비행

非行

잘못되거나 그릇된 행위


기

期

# 사진

너라는 그리움을

사진으로라도 추억할 수 있어

다행이야

# 알지 못했어요

강민지


이상했어요


미소 짓고 있는 얼굴을 보고

사람들이 눈물을 흘리는 게


가득 채운 검은 사람들 중

나만이 그 미소를 본 줄 알았어요


눈물 흘리는 사람들 옆

두 손 모아 서있던 나는

알지 못했어요


우리가 이제

단 하나의 미소만 안고

살아가야 한다는 걸


이제는 나도

그 미소에

눈물을 흘려요

# 소년과 소녀의 기억

김민준


그 먼지 쌓인 사진첩 속에서,

소년과 소녀가 만났다

서로 마주 보고

손을 잡고

빙그레 서서

그래, 빙그레 서서


곱게 땋은 소녀의 양갈래

잡아당겨도 보고

또 서로 웃어보기도 하고


소년의 머리칼

그 까끌까끌함이 좋아

하루 종일 만져보기도 하고


더 이상 소년이 소년이 아니고

소녀가 소녀가 아니던
그 봄, 따뜻한 계절
손 꼭 잡고 평생 사랑하겠노라
하얀 비단 앞에서 맹세도 해보고

자식들이 우는 소리에 밤잠 설쳐가며
안아가며
둥그러가며

소년과 소녀는 그렇게 웃고 있었다
색이 다 바래버린 낡은 사진 속에서

그래, 그리 시간이 흘렀소 여보
여보, 나의 소년
나의, 나의, 나의 소년···

하얀 리본핀 곱게 꽂고서
이 겨울, 서러운 계절
하얀 이불 붙잡고 울어보지만
아름답게 떠나간
나의, 나의, 나의···

# 추억

박소담


사각 프레임 속 자리한 추억에

그리움의 먼지가 올라앉았다


추억을 보관하는 방법마저 추억이 된,

36컷 사진 필름,

인화된 사진,

두꺼운 사진첩


사진을 한 장 한 장, 아껴 찍는

그런 날들도 있었겠지

# 사진첩을 정리하다

이수빈


오랜만에 사진첩을 정리하다 네가 찍어준 사진을 찾았어

한껏 뽐내고 찍은 셀카들보다 예쁘진 않지만

그 사진 속의 나는 몹시 행복해 보이더라


이제야 알았어

나를 보던 네 눈엔 사랑이 가득 담겨 있었음을

# 인생 한 장

이하훈


각도 잡고 풍경 좋은

곳에서 한 장

각도 잡고 함께 하고 싶은

사람과 한 장


소중한 한 장

품고 싶은 한 장


한 장 한 장

소중히 모아

나의 인생 한 장

# 사진

이현화


내가 사진을 많이 찍게 된 이유


언제부턴가

나는 사진을 찍고 있었다

아주 사소한 것

하나하나

모두 다 말이다

추억 때문에,

그 순간들이 더 찬란할수록

더 기록하고 싶은

마음에

사진 한 장으로

펼쳐지는 나의 이야기들에

나는 다시 웃을 수 있기 때문에

그래서

나는 오늘도

카메라로 오늘을 담는다

# 익애

윤원지

눈으로 너의 아리따운 모습을 찍었다

익애 - 사랑에 빠짐

이 모든 것들을 말해주고 싶다.

# 강민지

# 빗방울

툭

툭

떨어지는 빗방울에

아프다며 소리치던

작은 새싹은


머지않아

아픔을 견뎌내기 시작했고


아름다운 꽃으로 피어난

작은 새싹은

아픔을 숨기는데

아름다움을 내세웠지


얼마 전 나뭇잎을 피운

작은 나무는 또다시 비가 오던 날

나뭇잎을 떨어뜨려

# 황금빛 물고기

매일의 달이 떠오를 때

달과 별에 내 그림자가 떠오르고

하얀 조명 아래 나의 온도가 가장 높아질 때

책상 앞 황금빛 가루를 흘리며 물고기가 유영한다


그 빛을 놓치지 않으려

어두워진 두 손으로

하얀 조명을 끌어안았고


나의 온도가 높아지다 못해

속에 있던 모든 것을 분출해내며

뜨겁게 뿜어져 나오기 시작했다


오늘의 해가 저물기 시작할 때

달과 별의 내 그림자를 상상하다

차가운 바람이 몰려왔고

차가운 바람을 맞은 모든 것은

흐르던 그 상태로 각기 다르게 굳어져 버렸다


하얀 조명을 다시 끌어안아도

더 이상 물고기는 빛을 내며 유영하지 않았고

조명 아래 더 이상 어두움조차 찾을 수 없는 손이 있었다


각기 다르게 굳어져 버린 것들은

다시 되돌아갈 수도

그때의 모습을 볼 수도 없게 되었다

오늘의 달이 떠오를 때

달 아래에서 내 모습이 아닌

하얀 조명의 마지막을 보았고


달의 곡선에 몸을 맡겨 누워

나의 조명이 빛나던 곳을 보자

하얀 조명의 마지막이 있던 곳에는

분홍 조명 아래 은빛 가루가 빛나고 있었다

이
모든
것들을
말해주고
싶다
·

## 너의 머리카락은

너의 머리카락은

해마와 물고기가 헤엄치고 있는

바위와 모래들이 함께 춤을 추고 있는

에메랄드빛 바다가 물들어 있구나

너의 머리카락은

태양 옆에 붙은 구름이 뭉실거리는

황금빛 곡식들이 반기는

와인빛 단풍이 물들어 있구나


너의 머리카락은

우리 몸에 부드러운 바람이 살랑이는

자그마한 새싹이 아침을 맞는

노란빛 개나리가 물들어 있구나


나의 머리카락은

빨간 용암이 끓고 있는

파란 바다가 들어와 인사하는

검은빛 작은 보석이 물들어 있는데

너와 나의 머리카락은

노래를 부르며 우리를 꿈에서 깨워주는

태양과

마법의 가루를 뿌리며 꿈을 보여주는

달과 같고


너와 나는

꿈의 길을 따뜻하게 비춰주는 태양과

꿈의 길을 따뜻하게 비춰주는 달과 같다

너와 나는

태양과 달과 같기에

서로에게 비추어지는 빛의 존재를

느낄 수 있었고

너와 내가

태양과 달과 같았기에

서로의 색에 비추어지는

아름다운 반짝임을

볼 수 있었다

이
모
든
것
들
을
말
해
주
고
싶
다
·

## 주름진 손

주름진 손을 감추려 하지 말아요

당신의 아름다웠던 세월의 증표를


나의 얼굴을 쓰다듬어주던 당신의 손길은

너무나 따뜻했고


나를 보며 웃어주시던 당신의 얼굴은

언제나 아름다웠어요


주름진 손을 감추려 하지 말아요

당신의 주름진 손 또한

나를 위한 모든 것임을 알기에


당신이 내게 준 것과 같이

내 모든 것을 당신에게 드릴게요

주름진 손을 감추려 하지 말아요

나의 손에 무지갯빛 상자를 올려주던

당신이기에


당신을 위한 단 하나의 시를

당신의 따뜻한 두 손에 담아드릴게요

# 가로등

밝은 빛 아래에서 지나가는 너는

항상 행복해 보였어

친구와 손을 잡고 함께 웃고 있던 너는


나의 빛 아래에서도

항상 행복해 보였어


근데 무슨 일일까


네가 나를 보는 시간이 빨라질수록

너의 행복은 사라진 것 같았어

친구와 같이 가지만 손은 잡지 못하더라


나의 빛 아래에서조차

힘들어 보였어

누가 너의 행복을 가져가고

친구 손을 못 잡을 만큼

무거운 짐을 주었니

# 꽃이 피길 바라며

어둠 속에 몸을 감추고 하루하루를 눈물로 지새우는 너의 모습을 보고 있으니 너무 마음이 아려왔어. 어둠 위에 손을 내밀어도 어둠 속에 더욱 몸을 숨기는 너의 모습에 속상한 마음을 감추고 어둠을 뚫기 위해 너를 매일 만나러 가게 되었어. 내가 내민 손을 떨리는 손으로 마주 잡아주던 너의 손의 차가움에 너의 꽃이 필 때까지 너의 곁을 지키겠다는 말이 하고 싶었는데 그 말보다는 너를 안아주는 게 먼저였지. 결국 그 말은 하지 못했어. 그래도 나와 함께 몇 번의 비와 바람을 이겨내고 견뎌내자 너의 세상에도 봄이 왔나 보다. 성난 소리로 가득 차있는 듯했던 너의 세상이 따스한 소리로 가득 차 보이는 지금 너는 어느새 강인한 꽃이 되어 있었어. 너에게 찾아온 봄에 넌 많이 행복해 보였어. 그런데 너에게 찾아온 봄은 처음이 아니란 걸 넌 알까. 전하지 못한 말이 더 있는데 넌 항상 나의 봄이었어.

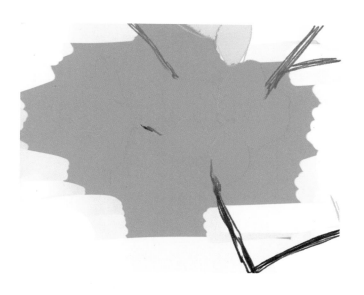

이 모든 것들을 말해주고 싶다 ·

# 팝콘


펑


큰 소리와 함께

터져버린 팝콘


비록 다른 사람을 놀라게 했지만

누군가에겐 시끄러운 소리였겠지만


팝콘이 되려면

어쩔 수 없는 일이라서


팝콘이 터지지 않았다면

누군가에게 줄 즐거움도

없다는 걸

팝콘이 터지는 건

네가 더 성장할 수 있는

과정이란 걸


알았으면 좋겠어

# 구름

맑은 하늘 위에 떠 있는
어두운 하늘 위에 떠 있는
저 구름들을 보았을 때

구름이 뭉게구름이라고
양떼 무늬 구름이라고
밭고랑 모양 구름이라고
아름답지 않다고 하는 걸
본 적이 없다

구름은 구름이기 때문에
그 자체로
아름답기 때문에

이 모든 것들을 말해주고 싶다 •

# 개구리

내가 그 누구보다 높이 뛰고

빠르게 뛸 수 있었던

이유는


누구보다 열심히

뛰었기 때문이야


가끔은 물에 빠지고

가끔은 돌에 부딪혀도


내가 하고 싶은 일이고

그러기 위해서는

견뎌내야 했으니까

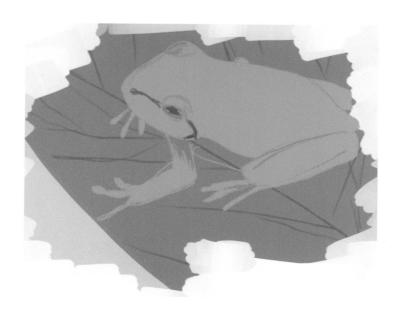

이 모든 것들을 말해주고 싶다 ·

# 김민준

- 이 밤
- 선인장
- 봄 눈
- 꽃봉오리
- 당신께 드리는 마지막 편지
- 나비
- 너의 결혼식
- 겨울의 꽃
- 비오는 날
- 노을
- 가로등
- 고물상
- 아이(부제:학교 폭력)
- 잃어버린 것들
- 환영
- 꽃덩어리
- 해바라기

## 선인장

아프게 해서 미안해

삐죽삐죽 가시가 돋은 손으로

네 손을 잡으려고 해서 미안해


나도 내가 왜 이 모양인지 모르겠어,

남들은 다 꽃을 틔워 살아가는데 말이야


너에게 손을 뻗을수록

너는 더 아파하는구나

내가 다른 것들처럼

가시 없이 사랑스러웠다면

나도 너에게 사랑받을 수 있었을까?

이 모든 것들을 말해주고 싶다.

## 봄눈

봄눈이 내린다
너를 사랑한 계절에 내리는
마지막 눈이

소복이 쌓였던 눈은
내 눈물에 녹아가고
다시 내리는
이 봄의, 끝 눈

네가 없는 계절이 다가온다
너를 사랑했던 계절이 지나간다

봄이니,
부디 행복하기를

# 꽃봉오리

꽃봉오리는 희망이다
아직 채 피지 못한
허나 그렇기 때문에 절망이기도 하다

천둥번개 치던 밤,
쓸쓸히 떨어져
비에 섞여 흘러가던 꽃봉오리는
희망인가

애처롭게도 바싹 말라비틀어진
비루한 그 꽃잎이
적어도 내게는 절망이다

제대로 피어보지도 못하고

그리 비참히 죽어버린 꽃봉오리가
어찌 절망이 아니지 않겠는가

# 나비

내뱉은 네 숨결이
내게로 날아와 나비가 되었다

그 무례한 나비는
잘 때에도
밥 먹을 때에도
가리지 않고 나타나
온갖 마음을 뒤집어 놓고 사라졌다

너를 바라볼 때에는
그 나비가 파닥대는 바람에
아무 말도 하지 못하고
또 아무 말도 하지 못하고

네 생각에

나비가 목을 옥죄어 파닥여서

푸드덕 푸드덕 날갯짓을 해서

내 목에 무엇인가 걸린 듯이

그래, 나비가 너무 아름다워서

나비가 아름다워서


너무도 비참하게 아름다워서···

# 노을

빨갛게 익어버린 서러운 내 울음이

어두스름한 바닥으로 흘러내렸다

볼품없이 무너진 잔인한 희망들이

어찌 그리 고운 것인지

져버리던 그 봄의 끝에서

내 마음은 그리도 안쓰럽게 부서져 내렸다

부서진 파편이

새벽 해에 빛났다


저리도 아름다운 저녁 노을이 되어

참 황홀하기도 하지,

붉은 피가 섯도는

파아란 사파이어 눈물이

어둑한 땅거미에 스몄다

하늘부터 천천히,

모든 것이 녹아내리고 있었다

# 가로등

깜깜한 길거리에

가로등 하나

새까만 그림자가 드리운다


밝아서 드는 그림자다

밝아서 아픈 사람이다

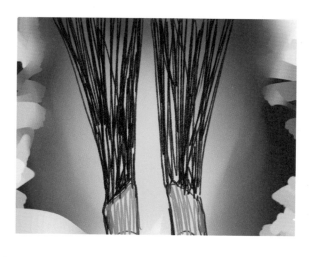

# 고물상

할아버지 댁에서
함께 보았던
낡은 고물상

그게 뭐가 재밌다고
할아버지 손 꼭 잡고서
휴지통 위에 발 디디고 서서 바라봤던
그때 그 고물상

고물상만큼이나 늙으신 할아버지께서
하얀 가루가 되어 흩날리시던 날
토해내도 풀리지 않는 답답한 가슴 잡고서
이제는 휴지통 없는 바닥에 발 디디고 서서 바라본
그때 그 고물상

파란 하늘 아래 겹치는
새까만 그 고물상이

## 잃어버린 것들

떨어져 있는 것들에는
버려진 것과
잃어버린 것들이 섞여 있다

이렇게 비 오는 날
잃어버린 그 아이의 마음에서는
바다 냄새가 났다

축축히 젖어
떨어져 있었다

# 꽃 덩어리

차가운 틈 사이로 꽃이 피어났다

꽃이었다

비록 말라 비틀어진 비루한 꽃잎 덩어리지만

작은, 아주 작고 초라한

고개 숙인 부끄러운

한 방향으로 고개 숙인 부끄러운 꽃이지만

그도 꽃이었다


소녀는 머리가 아팠다

머릿속 굳은 기억이 깨져

파편이 어지럽게 흐트러졌다


그 빨간빛 꽃잎이

파편에 찔린 소녀의 피인지

소녀의 심장박동인지는 모르나

소녀가 울고 있음은 안다


틈을 내민 꽃 덩어리처럼

응어리진 마음이 요동쳤다

# 달

밤만 되면 둥글게 떠오르기에

그대가 달인 줄 알았는데

내가 달이었나 봅니다


아침에는 밝은 해에 가려

그대는 나를 보지 못하십니다


밤에는 그대를 지키려 쓸쓸히 빛나는 나를

그대는 무심히도 지나쳐가십니다


그대는 나를 지나쳐가십시오, 그저

나는 그대를 바라볼 수 있는 것으로도 족합니다


그대가 나를 보아주지 아니하여도

나는 그대를 비추는 달빛이 되겠습니다

이 모든 것들을 말해주고 싶다 ·

# 박소담

# 여름

걸음걸이마다 문득문득 밟히던
어지러운 꽃잎들은 사그라들고

그 자리에는 선명한 구름, 새파란 하늘,
뜨거운 햇살이 자리했다

묶지 않았던 커튼 끝자락이
바람 따라 부유하고 가라앉는다

나무 밑에 선 네 뺨에
햇빛이 얼룩처럼 묻어 있었다

물병에 맺힌 물방울들이
표면을 타고 굴러떨어진다

어느덧 해가 길어질 날들이
성큼 다가왔다

# 장마

하루 종일 잔잔한 물에
온몸을 담그고
힘이 빠져 있는 것 같은 날들

온 세상이 물에 잠겨
붙잡는 중력도 없이
그저 둥둥 떠다닐 것 같은 날들

그런 날들은 유독 회색빛이다

## 별똥별

길게 이어지는 여운을

누가 붙잡으라고 남겨두는 걸까


네 짧은 한순간을

누구에게 보여주고 싶어서

이 모든 것들을 말해주고 싶다 ·

## 먼지

빛을 받는 날엔 너도

아름답게 반짝이며

나풀나풀 부유하고는 했지


언젠가는 가라앉을 그 모습을

하염없이 바라보곤 했다

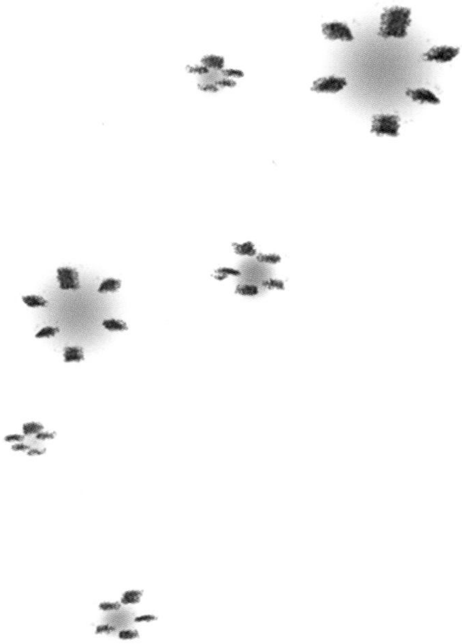

# 빗소리

나뭇잎을 두드리는 소리에

온 세상이 침묵한다


잠든 창문을 두드리고

주인 없는 차를 두드리고

잃어버린 길을 두드리고


끝끝내 멈추지 않을 빗소리는

세상을 수몰시킨다

이 모든 것들을 말해주고 싶다 ·

## 결말

결말이라는 말은 결국

이야기의 끝을 얘기하는 거니까

너와 나 사이엔

결말이 없었으면 좋겠어

# 불꽃놀이

하늘 대신 하늘을 담은
네 눈동자를 보았다

비치는 불꽃을 보는 것만으로도
충분히 눈이 멀 것 같아서

## 소나기

한순간 짧게 내린 비가

한순간 나를 적시고

한순간 나를 지나친다


흠뻑 젖은 나는 한참이고 마르지 않아서

남은 네 흔적에 홀로 허우적인다

# 도시

도시의 밤은 어둡다

늦게까지 길을 비추는 가로등
늦게까지 깨어있는 건물들 덕분에

도시의 밤은 어둡다

## 그늘

그늘 속에 있었음에도

내가 눈이 부실 수 있었던 것은

네가 해를 등지고 있었기 때문일까,

내게 쏟아지는 시린 하늘 때문일까.

이
모
든
것
들
을
말
해
주
고
싶
다
·

# 이수빈

## 작은 램프

악몽을 많이 꾸는 나와

그런 내 곁에 머물러 준 너


이별하던 날까지도 나를 걱정한 너는

내게 작은 램프를 선물했다


시간이 많이 흘러 더 이상 악몽을 꾸지는 않지만

유난히 네가 보고픈 날에는 항상 램프를 켠다


그 불빛이 어찌나 포근한지

마치 네가 나를 따스히 안아주는 것만 같아서

## 평소와 다름없는

미치도록 힘들 줄 알았는데
작은 미소조차 지을 수 없을 줄 알았는데

그게 아니더라
네가 없는 내 일상은 그리 변한 게 없더라
단지 마음 한구석이 휑할 뿐,
그전과 다른 게 없더라

그래도 뚫린 듯한 마음 때문에
잠들지 못하는 오늘 같은 밤이면
흐르는 눈물방울마다 너와의 추억을 담아
이 밤을 보내곤 해

# 그리운가 봐

힘든 일들은 왜 한번에 일어나는지

눈코 뜰 새 없이 바쁜 일상들과

떠나보내는 수많은 인연들

불면증을 이겨낸 누적된 피로

힘든 하루 속에서도 네 생각이 떠오르는 걸 보면

아무래도 나는 네가 그리운가 봐

## 헤엄치고 있을 테니

나는 언제나 당신과의 추억이 담긴 호수 속을

헤엄치고 있을 테니

언제든 내가 생각이 날 때

여기 이 자리에 그대로 머물러 있는 날 보러 와요

이
모든
것들을
말해주고
싶다
.

# 파란 장미 : 기적, 얻을 수 없는 불가능함

 나는 파리 같은 사람이었다. 그 누구도 눈길을 주지 않고, 마주치면 피해버리고 마는 파리. 혼자인 삶에 지쳐 모든 것을 포기하려던 순간, 너를 알았다. 너는 참 달큰한 사람이었다. 몹시나 향기로워 늘 벌과 나비들이 꼬이는, 마치 장미 같은 사람. 나는 네 향에 이끌렸고, 이내 너는 내 마음속에 들어와 모든 곳을 차지했다. 하지만 모두가 기피하는 파리 따위가 꽃 중의 꽃인 장미를 사랑한다 말하면 비웃음을 살 것이 뻔하기에 나는 네 근처로 날아갈 수조차 없었다. 그래서 나는 먼발치서 네 주위를 맴돌았다. 그렇게 가슴앓이하길 수개월째, 나는 네게 여태껏 숨겨온 마음을 전하리라 마음먹었다. 너를 닮은 눈이 부시게 새파란 장미 한 송이를 품에 안았고, 너의 집 앞으로 가 파란 장미와 함께 숨겨온 진심을 건넸다. 하지만 너는 혐오스럽다는 표정을 지으며 장미를 내치고는 집으로 들어가 버렸다. 나는 굳게 닫힌 문 앞에서 고개를 떨구고 온통 상해버린 파란 장미를 쳐다보았다.

이
모든
것들을
말해주고
싶다
.

# 객지에서

꽉 맞잡은 손깍지가 절대 풀리지 않을 줄 알았다


바람조차 새어나가지 못할 정도로 붙잡고 있어

영원할 줄 알았건만


시간이 흐르며 자연스레 빈틈이 생기기 시작했고,

결국 나 객지에서 그대를 잃고

그대를 처음 만났던 이 자리에서

맞잡았던 손만을 추억하네

# 어쩌면 너를

어쩌면 너를

너보다 내가 더 잘 알고 있을지도 몰라


네가 아무 생각 없이 한

작은 행동까지 나는 눈에 담았거든


집중할 때면 나오는 입술

무의식 중 찡긋거리는 콧잔등

미소를 지으면 살짝 휘어지는 눈꼬리

어려운 문제를 풀 때마다 찌푸려지는 미간


어쩌면 너를

너보다 내가 더 잘 알고 있을지도 몰라

## 당신은 어떤가요?


동이 틀 무렵의 새벽이나 이른 아침에

창밖을 내다보는 걸 좋아해요

시원한 바람에 기분이 좋아지지만

사람이 없는 거리는 왠지 쓸쓸하게만 느껴져요


그래서 그런지 자동차가 지나가는

소리가 들려오면 기분이 좋아지곤 해요

당신은 어떤가요?

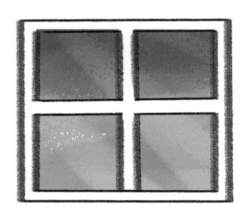

## 일 년의 끝에서

올 한 해는 사람과의 인연, 사람이 아닌 것과의 인연 할 것 없이 수많은 인연들을 떠나보냈다. 내가 떠나보낸 것들과, 나에게서 떠나간 것들. 그들을 떠나보내며 한참을 생각했다. 모든 것은 앞을 향해 나아가는데 왜 나는 한 해의 끝자락에 웅크려 앉아 이미 끝나버린 인연들과의 추억을 붙잡고 그리워하는지.

이
모
든
것
들
을
말
해
주
고
싶
다
·

## 새해를 맞이하며

영원히 흐르지 않을 것만 같던 시간이 흘러 벌써 한 해가 지나갔네요. 작년의 첫날엔 당신과 함께였는데 올해의 첫날은 그러지 못한다는 사실에 눈시울이 조금 붉어지려 합니다. 그렇지만 나는 울지 않을 거예요. 쓸데없는 감정을 소모하면 나만 힘들다는 걸 아니까. 어디선가 당신도 나와 같이 새해의 하늘을 올려다보고 있겠죠? 비록 몸은 떨어져 있지만 마음은 함께니까, 그러니까 나는 괜찮아요. 힘차게 떠오르는 첫 번째 해처럼 당신도 나도 각자의 앞날을 위해 열심히 살아가요.

이
모
든
것
들
을
말
해
주
고
싶
다
·

# 이하훈

# 추억

나는 오늘도 그림을 그린다

아무리 작은 그림이어도

아무리 못 그린 그림이어도

나는 오늘도 그림을 그린다


나는 오늘도 너와 함께 그림을 그린다

너무나 웃긴 그림이어도

너무나 웃긴 그림이어도

나는 오늘도 너와 함께 추억을 그린다

## 수학자의 고백

어려워 보이지만

알면 알수록 쉬운

다항식처럼

너를 좀 더 알기를 원해


항등식처럼 네가 항상

옳지는 않지만

항상 너의 편이 되어주는

너의 인수가 되어줄게


우리가 연립할 필요가 없는

항등식이 되도록

내가 너에게 맞추어 갈게


우리가 만나지 않는

평행한 두 직선이라면

내가 너에게 기울여 갈게

# 종이비행기

새하얀 백지 위에

너를 위한 글을 쓰고

너에게 갈 길을 위해

세로로 한 번


길을 잃지 않으려

화살표 모양으로 두 번

좀 더 너에게 빨리 가려

뾰족하게 두 번


너를 향한 마음을

한 번 두 번 접어서

너에게 조심스레 날린다

# 꼭두각시

'안 돼'라는 붉은 실에 묶여

'해야 돼'라는 푸른 실에 묶여

움직이는 나


시선이라는 오른손과

기대라는 왼손으로

움직여지는 나

붉은 실과 푸른 실에 묶여

오른손과 왼손으로 움직여지는

나는 꼭두각시

# 사랑 나무

마음속 깊이깊이
뿌리 내린 사랑
깊이 아주 깊이 내린 사랑

너무 깊게 파고들어
나를 점점 아프게 하지만
있는 것만으로도 든든한 사랑

나무가 공기를 내뿜어주듯
사랑은 힘을 내뿜어주네
내게 힘을 가득 주는 사랑 나무

# 하얀 거짓말


너를 속이는 단어 하나

너를 속이는 말 하나

하나같이 진심이 아니야


너를 위해서라는

보기 좋은 포장지를 벗기면

나를 위해서라는 말이 되지만


딱 한 번만

딱 한 번만 더

너를 속이게 해줘

# 60분의 1분

너라는 시침이 너무나 빨라서

나라는 분침이 너무나 느려서

너를 따라갈 수 없구나


네가 내 앞을 지나간 수는

셀 수도 없지만

나는 너의 그 뒷모습을 하나하나 기억해


나는 네가 다시 올 거라는 걸

이미 알고 또 알고 있지만

너를 기다리는 1초의 시간은 너무나 길고

너를 만난 1초의 시간은 너무나 짧구나

# 손목시계

익숙한 무게에

익숙한 자리에

언제나 있는 나의 손목시계


가끔 네가 없을 때에도

나는 손목을 들고는

시간을 확인하려 해


손목시계야 손목시계야

언제나 익숙한 그 자리에서

언제나 익숙하게

나에게 시간을 알려줄래?

# 유리 상자

모든 걸 보여주는 유리처럼

모든 걸 보여주는

투명하고 투명한

작은 유리 상자처럼


너는 모든 것을 보여주었어

하지만 나는 나는

그 작은 유리 상자를

열 수조차 없구나


너의 모든 걸 다 알 것 같지만

보이지 않고 투명한

작은 상자 때문에

너를 알 수가 없구나

이 모든 것들을 말해주고 싶다.

# 이현화

## 안녕 벚꽃

안녕 벚꽃

조금 있으면 또 떠나지


꽃바람 불 때 활짝 피어

우리 친해질 때쯤

가버리는 너


온 세상을 핑크빛으로 물들여놓고

또 그러고서

사라져 버리는 너


조금 있으면

또 떠나겠네

## 짝사랑 1

진짜 보고 싶다는 마음이 치솟을 때가 가장 좋아하는 때 같아. 맨날 볼 수 있을 때보다 어쩔 수 없이 만날 수 없는 상황이 왔을 때, 한 번이라도 더 마주치려고 너의 발걸음을 따라가며 혼자 애틋해지는 마음이 들 때, 네가 나의 하루의 일부분이 될 때, 나는 '좋아한다'고 말하며 너의 시선에 내가 들어오는 일만을 기다려.

## 짝사랑 2

나 '너'가 보고 싶어. 사실 이게 꽤 오래된 감정이었는지도 모르겠어. 너를 보고 싶어 하는 마음이 단지 외로움 때문일 수도 있고 공허함 때문일 수도 있겠지만, 그런데도 내가 좋아하는 사람에서 널 붙잡고 싶은 것 그것만은 사실이라는 걸 알아줘.

# 열등감

하염없이 걸어도 따라잡을 수 없는 발이 있어

넌 어느 모퉁이로 들어갔을지도 모르지

근데 난 또 앞만 보며 걸어갈 거야


아마 난 울며 쫓아갈 거야

그러다 언젠가 벼랑 끝에 서게 될지도 몰라

그래도, 난 너의 그림자만 보며 걸어갈 거야


오늘도 울며 달려온 내 길에는

무엇이 그리 피었는지 모르지만

난 여전히 무엇만을 열심히 따라가고 있을 거야

## 몽환

꿈에서
네가 나한테 했던 말을
메모장에 고이 적어두었다


늘 내가 말을 하려 할 때 즈음
꼭 깨어버리는
그 꿈에서


이번은 꿈이 아니겠지 라며
꿈속에서 생각하는
그 꿈에서


깨어나
꽤 낡아버린 메모장에
또 한 줄을 남긴다

## 비밀편지

오랫동안 많이 좋아한 너에게,

안녕, 넌 요즘 어때?

조금 멀리서 바라본 너는

약간은 지치고 힘들어 보이더라

열심히 했지만 잘 나오지 않은 성적 때문인지

사람들 사이의 관계 때문인지

아님, 내가 잘 모르는 무언가 있는 건지

너의 걱정들 내가 다 들어줄 수 있다면 좋을 텐데

용기가 잘 나지 않네

너는 참 소중한 사람이라고 말해주고 싶은데

네가 나에게 어떤 사람이었는지 말해주고 싶은데

나에게 너는 많은 힘을 주었던 사람인데

나의 마음을 너에게 전할 수 없어서

이 편지를 남길게

진심으로 네가 항상 행복했으면 좋겠어

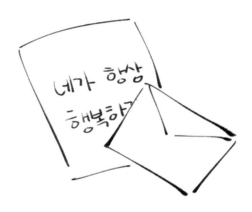

이 모든 것들을 말해주고 싶다 .

## 묵언

사람들은 다 저마다의 힘듦을 가지고 있다

단지 말하지 않을 뿐,

저마다의 눈물을 가지고 있고

저마다의 스트레스를 가지고 있다.

# 신기루

흔히 추억이라 말하는

과거는

더 찬란할수록

더 아름다울수록

더 사랑했을수록

더 거짓말 같다

## 정이 많은 그대에게

그리운 정 때문에, 옛날의 추억 때문에 눈물을 흘리고, 쓸쓸한 웃음을 지으며 그땐 그랬지 추억하는 당신은 사실 그때에 그 옛날에 다 알고 있었지요? 우리가 함께하는 그 시간들이 지나고 나면 아주 많이 그리워하고 공허해할 것이라는 걸요. 그 시간들을 겪어도 또다시 당신과 함께하면 너무도 행복했다고요. 다신 올 수 없는 시간들이지만, 또 언젠가 외로워지고 그리워지겠지만 또 다시 그대와 함께 하는 어느 날을 기대하고 있을게요. 얼른 다시만나요.

이 모든 것들을 말해주고 싶다.

# 윤원지

# 밤바다


푸르던 바다가

하늘 따라 다시 어두워지고


햇빛에 빛나던 모래알들이

하나둘 잠이 들고


뜨거웠던 바람이

조금은 서늘해지고


영원할 줄 알았던

우리의 사랑도 잔잔해진다

이 모든 것들을 말해주고 싶다 ·

## 초승달

당신 향한 마음은 난 아직 그대로인데

겨우 드러낸 내 마음 한쪽 보고 그댄 아시려나

# 명왕성

한때는 나도 너희와 같은 무리였는데

이젠 아니야


너희는 항상 완벽한 모습을 유지하지만

나는 아니야


난 아직 그 자리에 있지만

내 의지로 들어갈 수 없는 그곳


그저 난 주위만 맴돌 뿐

## 발

보행기를 잡고 겨우 일어섰던 너의 두 발이

이젠 나를 업고도 견딜 수 있는 두 발이 되었구나


비록 너의 세월이 가득 담겨있을 발은

볼 수 없겠지만

네가 이 두 발로 끝까지 너의 길을 걸어갈 거라는 걸

나는 확신한단다

# 겨울에는

하나씩 까먹는 군밤보다

팥이 가득한 붕어빵보다

달달한 군고구마보다

뜨끈한 어묵과 국물보다

손에 꽉 쥔 핫팩보다

뜨거운 열기의 난로보다

활활 타오르는 모닥불보다

포근한 네 품이 제일 따숩다

## 사계를 그대에게


봄엔

당신처럼 향기로운 꽃들

마당에 가득 심어

기분 좋은 꽃내음 가득한

정원을 가꿀게요


여름엔

그대 미소처럼 활짝 핀 봉숭아꽃

하나하나 모아

그대의 고운 손에

아름답게 물들여 드릴게요


가을엔

거짓 없이 진솔한 당신처럼

투명한 한지에

나의 마음 가득 써서

고독할 그대 마음에 보낼게요


겨울엔

그대 마음같이 하이얀 솜

바구니에 한가득 담아

마음이 따뜻한 만큼 차가울 그 손에

장갑을 씌워드릴게요


사계를 그대에게

사계를 함께하고픈 그대에게

## 포옹

네가 지칠 땐

너를 위한 조언보다

두 팔 벌려 내 품에 꼭 안아줄게


꼭 안아서

너의 차가워진 마음에

나의 온기로 가득 채워줄게


온기로 가득 채워서

빨리 지나가기만 원하는 네 하루에

다시 웃음으로 가득하게 해줄게

# 새벽

아침 햇살이 환한 빛을
그대에게 전해주기도 전에
눈을 떠 하루를 준비하는

집을 나와 상쾌한 새벽 공기들이
당신을 맞이하기도 전에
급히 발을 떼는

길을 걸으며 참새들이 지저귀고 풀들이 살랑살랑
인사하는 것도 모른 채
인상 찌푸리는

당신에게 또 다른 새벽을 주고 싶다
당신에게 또 다른 세상을 주고 싶다

# 착한 아이로 사는 것

착한 아이로 산다는 건
다른 사람들에게 절대
실망을 사지 않도록 노력하는 것

착한 아이로 산다는 건
네 감정에 휩쓸리지 않고
다른 사람들의 감정을 생각하는 것

착한 아이로 산다는 건
모두가 거부하는 것을
네가 해야 하는 것

착한 아이로 산다는 건

착한 아이로 산다는 건

이 모든 것들을 말해주고 싶다 .

# 읽은 후

이 시를 통해 즐거운 일에는 한없이 밝은 미소를 짓고, 힘들고 지칠 땐 눈물을 보이기도 하고, 성숙해지면서도 아직은 아이와 같은 우리의 고등학교 생활에서 느끼는 솔직한 감정 하나하나를 보실 수 있습니다.

지금 내가 느끼고 있는 감정들과 순간들 또는 영원히 추억하고 싶거나 상처받은 일들을 누군가와 함께 나누며 웃고, 치유하고, 힘이 되어준다는 것은 참 아름답고 따뜻한 일인 것 같습니다. 하지만 내 생각을 남에게 들려준다는 게 쉽지만은 않은 일이죠.

그럴 때 여러분도 한 번 펜이나 연필을 잡고 아무 종이에 시 한 편을 써 보는 건 어떨까요. 어렵게 느끼실 필요 없습니다. 그저 여러분의 마음을 솔직하게 표현한 시가 가장 멋진 시니까요. 시를 통해 여러분이 표현하지 못했던 사람들에게 당신의 마음을 전해 보세요. 꼭 지금이 아니어도 괜찮아요. 고이 간직했다가 추억의 한 권을 언제가 미래의 당신에게, 또는 함께하고픈 사람에게 들려주세요.

또한 시를 쓰는 순간에도 내리쬐는 햇살이, 밤의 달빛과 별빛들이, 살랑살랑 부는 바람들이 항상 여러분의 이야기를 듣고 있으며, 함께 있어 준다는 것도 잊지 마세요.

이 모든 것들을 말해 주고 싶다 ·